はじめに

「歌集副読本」という言葉は辞書にありませんが、
ある歌集を味わい尽くすための助けとなる読みもの、として名づけました。

本書では、昨年春にそれぞれ第一歌集を刊行した二人の歌人に、
お互いが相手の歌集をどう読みどう感じたかを書いていただきました。
巻末には二人の新作短歌とエッセイも収録しています。

短歌について語り合える、友人のような一冊となることを願って本にしま

二〇二三年二月　出版者

歌集副読本
『老人ホームで死ぬほどモテたい』と『水上バス浅草行き』を読む

上坂あゆ美
岡本真帆

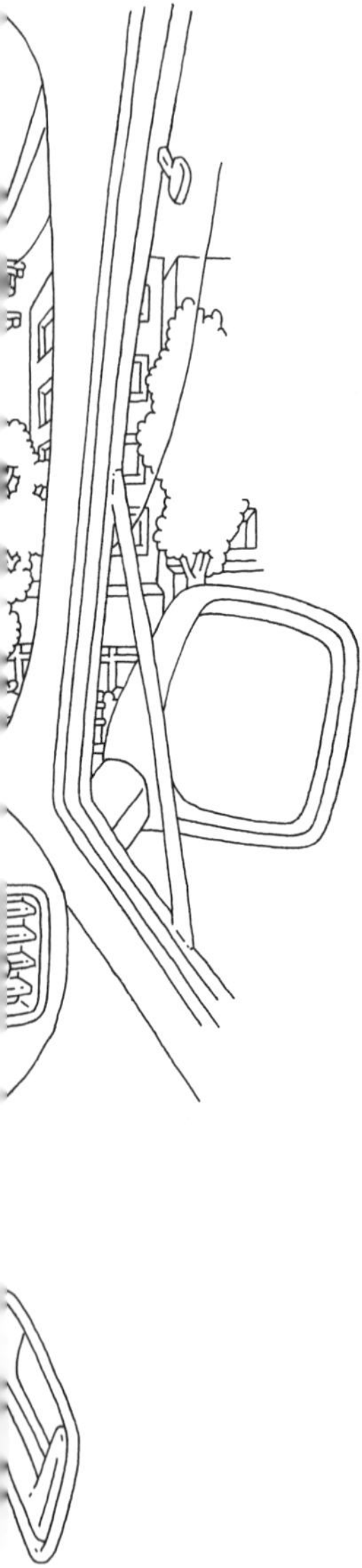

目次

巻末作品

上坂あゆ美 （うえさか・あゆみ）

一九九一年、静岡県生まれ。歌人。二〇一七年から短歌をつくり始める。二〇二二年二月、第一歌集『老人ホームで死ぬほどモテたい』を書肆侃侃房から刊行。

『老人ホームで死ぬほどモテたい』より十首

怒りって光と似てる　路地裏の掃き溜めすべてはじまりだった

風呂の水が凍らなくなり猫が啼き東京行きの切符を買った

沼津という街でxの値を求めていた頃会っていればな

撫でながら母の寝息をたしかめる　ひかりは沼津に止まってくれない

お父さんお元気ですかフィリピンの女の乳首は何色ですか

メイド喫茶のピンクはヤニでくすんでて夢なんて見ない自由があった

じゅげむじゅげむごこうのすりきれ生きることまだ諦めてなくてウケるね

人間は何度目ですか　むっくりと起き上がる蕨に尋ねられ、風

「明日暇？フラミンゴ見たい」一行で世界の色を変えてゆくなよ

シロナガスクジラのお腹でわたしたち溶けるのを待つみたいに始発

岡本真帆（おかもと・まほ）

一九八九年生まれ。歌人。高知県、四万十川のほとりで育つ。未来短歌会「陸から海へ」出身。二〇二二年三月、第一歌集『水上バス浅草行き』をナナロク社から刊行。

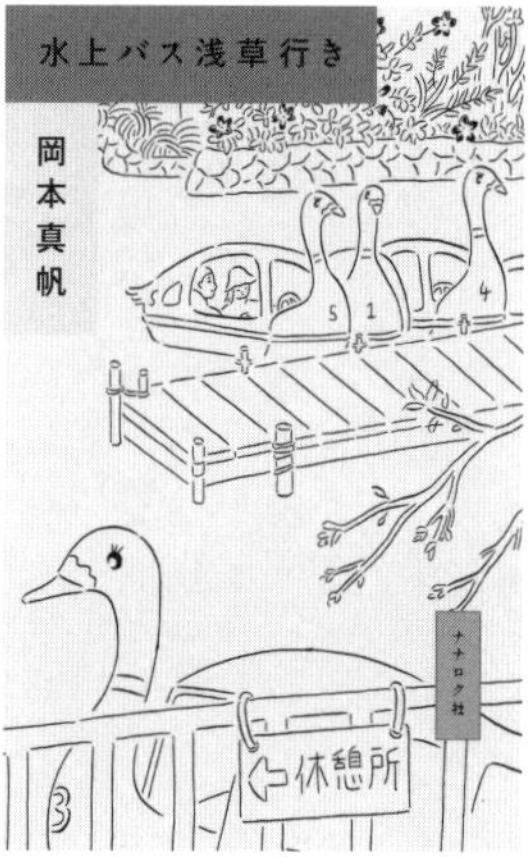

『水上バス浅草行き』より十首

3、2、1、ぱちんでぜんぶ忘れるよって今のは説明だから泣くなよ

南極に宇宙に渋谷駅前にわたしはきみをひとりにしない

ありえないくらい眩しく笑うから好きのかわりに夏だと言った

美しい付箋を買った美しい付箋まっすぐ貼れない私

教室じゃ地味で静かな山本の水切り石がまだ止まらない

平日の明るいうちからビール飲む　ごらんよビールこれが夏だよ

ほんとうにあたしでいいの？ずぼらだし、傘もこんなにたくさんあるし

ここにいるあたたかい犬　もういない犬　いないけどいつづける犬

愛だった　もしも私が神ならばいますぐここを春に変えたい

まだ何かあるんじゃないかと期待するエンドロールの後の一瞬

上坂あゆ美が『水上バス浅草行き』を読む

はじめに

正直に言うと、歌集を読むとき、著者のプロファイリングをする気持ちで読んでいる。わざわざこの景《けい》(作者が感じとった風景)を切り取るということは、とか、ここでこの言葉選びをするということは、みたいなことから、著者の生き様や魂のかたちを想像するのが、私なりの歌集の味わい方だ。これは、短歌という芸術を味わう上では一面的すぎる上、やや暴力的行為のような気がして、今まではあまり人に言うこともなく密やかに楽しんでいた。しかし今回、『水上バス浅草行き』の評を公に書くことになり、とても困った。大好きな本だからこそ、私の一面的な読み方を宛てがうことは、この本に対する暴力なのではないかと心配でならない。悩みに悩んだけどいくら考えても、もはや私にできることは、己の愛と暴力性に真摯に向き合うことだけだった。

普段短歌にあまり親しみのない方もこの本を手に取ってくださっているかもしれないから、私の読み方はとても偏ったものであることをお伝えしておきたい。あなたはどうか自由に『水上バス浅草行き』を読んでいただき、ここからは一人の酔狂なファン（私）の感想を楽しんでもらえればと思う。

スピッツ事件

岡本さんに好きな音楽を聞いたら、間髪容れずに「スピッツ！！！！！！！」と答えた。スピッツ以外に好きな音楽はあるかと聞いたら、「チャットモンチーと米津玄師！！！！」と、やはり即答である。

他人と違う自分でありたいというのは、現代に生きる人間の根源的な欲求だ。みんなが知っているアーティストよりも、自分だけが知っているようなアーティストを応援することがどこか誇らしいという気持ちは、きっと多くの人間に、さらに若い頃には確実にあるはずだ。中でも短歌という、けしてメジャーではない趣味に傾倒しているような人間は、とくにその傾向が強いと勝手に思っていた（自分自身がそうなので）。

そんな中、彼女が、あまりにもメジャーオブメジャーなアーティストばかりを挙げてきたことに、私はボディーブローのような衝撃を食らった。しかも「うーん、色々聴くけど……やっぱりスピッツかな～」ではなく、「スピッツ！！！！！！！！」である。口頭だったけれど、本当に「！」が八個も見えたのだ。感嘆符の多さに加えて、彼女のきらきらした眼からは、昔から一切の迷いなく愛してきたのだということがすぐにわかった。岡本さんは、自分の好きだという気持ちに、ありのままの自分が世界に存在することに、一切の疑いがないんだなと思った。

岡本真帆の歌を読んでいると、件の〝スピッツ事件〟に近い衝撃を受けることがある。

まだ明るい時間に浸かる銭湯の光の入る高窓が好き

（P.131／レジャーシートの冷たい麦茶）

　この歌を初めて見たとき、怖かった。どうしてこれだけのことを歌にできるのか、全然わからなかったから。説明するまでもないけれどこの歌は、「明るい時間の銭湯って超いいよね」というだけの歌。それを、比喩も飛躍も込み入った感情も用いず、あまりにも平易な日常を切り取り、淡々と三十一文字の作品にしている。そのあまりの潔さに、あれ、短歌ってこういうもんだっけ？と脳が混乱するけれど、二回、三回と読み直していくと、ストレートな物言いの中に段々と味わいが出てくる。「まだ明るい」ということは朝や真昼間ではなく、おそらく午後三時あたりなんだろうなとか、その時間に銭湯に入れるということは休日なんだろうなとか、高窓の光を見ているということは視線が上を向いていて、この歌の主体の気持ちも上を向いているんだろうなとか。平易な言葉づかいだからこそ、全力の、直射日光のような「好き」がそのまま伝わってくる歌だ。

絵の具は、混ぜれば混ぜるほど色が濁り、彩度を失う。岡本真帆は、チューブから出したばかりの絵の具のような明るさと鮮やかさを持たせるために、ここまで平易な言葉づかいを徹底しているのかもしれない。次に挙げる歌たちにも同じような味わいがある。

裏声で会話するのにハマってて真面目な声を覚えていない

（P.19／いつか忘れる）

平日の明るいうちからビール飲む　ごらんよビールこれが夏だよ

（P.39／これが夏だよ）

何百回も聴いてた曲に込められた意味がはじめてわかる　明るい

（P.73／HOLIDAY）

実は、岡本さんが先程の銭湯の歌をつくるきっかけになった明るい銭湯の湯船には、私も一緒に浸かっていた。私があの景色を歌にするならきっと、銭湯に浸かりながら君のことを考えただの、銭湯の高窓に私の手は届かないだの（本当はそんなこと考えてないくせに）、そういうベタな詩情をいれようとして、結果ボツにしていたと思う。あの日、私たちは間違いなく上を向いて、楽しい気分になっていたのに、それを真正面から歌にする勇気が、私にはまだない。

岡本真帆太陽説

いい歌には加害性があると思う。その歌を読む前と読んだあとで、読み手の世界を変えてしまうものだからだ。普段私は、できるだけ鋭くナイフを研《と》ぐようなイメージで、または最高速度の矢を放つために弓を引くイメージで、あるいはバズーカに巨大な弾を込めるようなイメージで、短歌をつくってきた。

しかし岡本真帆の歌は、加害というにはあまりにあたたかい。こういうタイプの加害性があるのかと驚く。それは「北風と太陽」の太陽みたいに、ぽかぽかと心地よく、私たちは気づいたら服を脱いでしまう。

そして太陽とは、優しく穏やかな日だまりをもたらすと同時に圧倒的な力を持つ、たくさんの星の支配者でもある。

思い切りダブルロールを抱きしめて私の夜を私が歩く

（P.117／私の夜を私が歩く）

十二個くらい入っているティッシュペーパーを持ち帰るとき、抱きしめるような形で歩くことがある。単にティッシュペーパーを買って家に帰るというだけの景だが、夜や帰り道そのものを自分が支配しているようで強く明るい。

ポニーテールをキャップの穴に通すときわたしも帽子もしっぽも嬉しい

（P.134／水上バス浅草行き）

帽子も、ポニーテールのしっぽも、それぞれの本当の気持ちはわからない。それでも「私が嬉しいから嬉しいに決まっている」という前提で歌われる、暴力的なまでの無邪気さが面白い。

天国と書かれた紙を引き当てて迷うことなくきみにあげたい

（P.46／ターャジス）

もうきみに伝えることが残ってない　いますぐここで虹を出したい

（P.0／ぱちん）

もし本当に天国に行けるかどうかがくじ引きで決まるのであれば、絶対に天国と書かれた紙を引き当てそうだし、「きみ」のためなら虹も本当に出せそうな雰囲気がある。岡本さん本人も太陽のような人で、その強さとあたたかさが、この歌にも滲みでている。

あの短歌のひと

『水上バス浅草行き』は、長編の連作が存在せず、三首から多くても十数首程度の連作で構成されている。多くの歌集では、二十〜五十首程度が平均的な連作の歌数となっているため、比較的珍しい構成である。

さらにこの本では、歌の並びによって物語を紡ぐというよりは、一首単位で物語がほぼ完成されており、それらが束ねられたものを連作としている。

私は連作をつくるとき、短編映画を撮るようなイメージを持ってつくることが多い。一方で、岡本真帆の連作は写真的である。好きなもの、楽しかったこと、救われた日、切なかったこと。それらを写真におさめ、そして丁寧にアルバムに並べるように、または色とりどりのクッキーを、連作という缶箱に詰め込むようにつくられている。きらきらしたクッキーは、一枚でも嬉しいし美味しいけれど、たくさんあったらもっともっと嬉しい。だから『水上バス浅草行き』は、本来は本文を印刷しない見返しの部分にも、短歌がこぼれ出てしまったようなつくりになっているのだ。

一首単位で物語が完成されていることに加えて、岡本真帆は、短歌の定型を守ることにこだわりがある。近年は大きな破調（五七五七七の定型を外れること）や詞書《ことばがき》（歌の背景や事情を事前に説明する目的で短歌の前にいれる文章）や改行などを多用して、あたらしい短歌の形を模索する歌人も多くいるが、岡本真帆はそれらをほとんど用いない。つまりこの本は、「磨き抜かれた三十一文字の集合体」であり、それ以外は徹底的に排除した形でつくられている。

これは岡本真帆の活動の場が、インターネットをメインとしていることも大きく関係している。歌集や短歌専門誌の読者と違って、ネットを通じてたまたま短歌を目にした人の多くは「破調」も「詞書」も、そもそも短歌が何音かもあまり知らない。そんな中で、「これが短歌だ」と伝え話題にするためには、できるだけ定形を遵守しつつ、歌意を伝える必要がある。

帯文に「あの短歌のひと」とある通り、以下の歌たちはTwitterで大きく話題になった。

ほんとうにあたしでいいの?ずぼらだし、傘もこんなにたくさんあるし

（P.13／犬がいる！）

3、2、1、ぱちんでぜんぶ忘れるよって今のは説明だから泣くなよ

（見返し／ぱちん）

南極に宇宙に渋谷駅前にわたしはきみをひとりにしない

（P.129／南極に宇宙に渋谷駅前に）

どの歌もほぼ定形どおりに読めて、シチュエーションと温度がありありと伝わってくる。岡本真帆の歌には、詞書もなしに前提をわからせる力がある。

「ほんとうに～」の歌では、上《かみ》の句のたった十二文字で、相手から予想外の場面で告白されたシーンであること、平仮名の拙い並びから主体が泣きそうになっている様子までもが感じとれる。玄関付近にいる二人の目の前には、ビニール傘がたくさんあるのだろう。「あたし」の家に上がっているということは、もしかして昔からの幼馴染なのかもしれないし、まさに今夜何かが起きる二人なのかもしれない。「ずぼら」の説明として脈絡のない「傘の多さ」を伝える必死さが、「あたし」の愛らしさを見事に伝えている。

「3、2、1、〜」の歌では、マジシャンや超能力者がよく用いる、誰もが一度は見たことがあるような仕草をきっかけに、ドラマティックな別れの物語に昇華させている。結句の「泣くなよ」のたった四文字で、相手が泣いていることと、本当は相手を悲しませたくない主体の優しさがこみ上げる。

「南極に〜」は、犬という言葉を一切用いずに場所の設定だけで犬の存在を浮かび上がらせる。また、すべての音が定形にばっちりハマっているところが、この歌をより強くしている。

これらの歌の前提をわからせる力、それはつまり、わたしたち皆の頭の隅っこ（けして真ん中ではない）にある共通認識をすくい上げるという技だ。岡本真帆の歌は、大衆に密かに共有されているシチュエーションや設定を用いるからこそ、広く深く刺すことを可能にしている。

……と、もっともらしいことを述べてみたけれど、岡本さんは、インターネットでバズる短歌にするにはとか、従来の短歌に対するアンチテーゼとか、そんなことは一切考えていない気がする。短歌という詩の形を何の疑いもなく愛し、そして自分の愛を歌にこめているだけだと思う。彼女が何の疑いもなくスピッツやチャットモンチーや米津玄師を愛しているのと同じように。

好かれなくてもいい

『水上バス浅草行き』の感想で、「明るい」と表現をしている人をよく見かけるし、私もそう思う。しかし実際の収録歌を数えてみると、明るさを感じる歌よりも、どちらかと言えば暗さを感じる歌のほうが実は多いということに気づいた。

それでもなぜ私たちが『水上バス浅草行き』に明るさを強く感じるのか。それは、この歌集の原材料に、怒りや恨みという感情がほぼゼロだからではないだろうか。むしろ怒りや恨みを主原料として歌集をつくっていた私からすると、それは魔法のように不思議なことに思えた。岡本真帆も人間だから、怒りや恨みはあるはずなのに、彼女の中でそれらの感情はどこにいってしまうのだろうか？

その答えは、連作「生活」にあるようだ。

美しい付箋を買った美しい付箋まっすぐ貼れない私
隣人がぴしゃりと閉める窓の音　今のはほんとうにぴしゃりだったな
当社比で顔がいい日だ当社比で顔がいい日に限って豪雨

（P.77-78／生活）

冒頭は「不幸」の規模の小ささに、思わず共感しクスッとさせられる。

何者かにならなきゃ死ぬと思ってた30過ぎても終わらない道
ライターで光灯せばきみがいて花火消えればまた闇になる

（P.78-79／生活）

この二つの歌を皮切りに、ごく身近な生活を歌っていたところから、急にスケールが広がっていく。人生で何者かにならなくても死ななかったし、きみといる時間の眩しさが刹那的であることにも気づけた。苦しみも、楽しみも、永続的なものではないと思わされ、冒頭の小さな不幸が急に「あるあるエピソード」以上の意味を持ってくる。

あ　海だ　だと思ったら巻き貝で　貝でもなくて　暗い心音

（P.79／生活）

上の句から読み下してゆくと、主体の勘違いに読み手は強制的に同期させられる。爽やかな海かと思えば最後には読み手の心には広くて暗い海が広がる。語り口は明るくカジュアルであるにもかかわらず、この歌から不穏さが匂いはじめる。

宇宙から見たら同じだ真夜中の映画も冬の終わりのたき火も

（P.80／生活）

先程の「暗い心音」の理由が明かされるかと思いきや、宇宙規模のものすごい結論に着地する。連作として捉え直すと、この唐突さは主体にとっての不幸な出来事を掻き消すためにあえてしている思考なのかもしれない。人間って、どうしようもない、為す術がない悩みに直面すると、宇宙規模で物事を捉えだすときがありますよね。

全員に好かれなくてもいいと思う　きみのほくろがよくって笑う

（P.80／生活）

この連作のキーとなる歌である。

もしかして「暗い心音」の理由は「全員に好かれなかった」ことかもしれないが、それを「いいと思う」の五文字で終わらせ、さらに「笑」ってすらいる。

このように岡本真帆は、怒りや恨みに繋がりそうな事象があったときに、自分の中で咀《そ》嚼《しゃく》して、半ば無理矢理にでも明るさに変えようとする。彼女は、怒りや恨みを感じないのではなく、主観的に捻じ曲げて光にするという特殊能力を持っているらしい。「全員に好かれなくてもいいと思う」と言われると、まあそれはそうなんだけどさ、と思うところを、「きみのほくろがよくって笑う」によって、その主観の強さが具体的に補強され、自分が好きだと信じるものさえあれば、意外と人生は笑ってゆけるのかもしれない、と思わされる。

愛だった　もしも私が神ならばいますぐここを春に変えたい

（P.81／生活）

宇宙をさらに超えたものすごい飛躍をさせられて、この連作は終わる。先程も言った通り、岡本真帆が急激な視点の飛躍を用いるとき＝ネガティブな感情をなんとか光として捉え直したいときなのだとすれば、この歌は、実は明るく愛を称賛する歌ではなく、「愛だった」人との別れを乗り越えようとする歌とも取れる。

こうして、不穏さも感じる連作なのに、最終的には、読み手の心も明るい春になって終わる。岡本真帆の、怒りや恨みを明るさに変えるという特殊能力は、歌を通じて私たち読み手にも伝播するらしく、それよって私たちは『水上バス浅草行き』が、あたかも光に溢れた本だと勘違いする。悲しみや怒りは存在するけれど、宇宙から見たり、時には神になったりしながら、できる限り明るい世界で生きていくこと。それが岡本真帆にとっての

「生活」そのものなのかもしれない。

岡本真帆とは犬なのか

『水上バス浅草行き』には、恋愛のセクシャルな面を描いた名歌がいくつか存在するが、このあたりに言及している感想をあまり見たことがない（私はＷｅｂ上で読めるこの本の感想のほとんどに目を通している）。それは私が思うに、読み手が岡本真帆のことを、いつの間にか可愛らしい犬を見ているかのように感じてしまうからではないだろうか。

この本のなかで犬はいつでも全力で、無邪気ゆえの失敗をする愛らしいものとして描かれる。

犬だけがただうれしそう脱走の果てに疲れた家族を前に

（P.51／遠い星）

蚊柱は犬に見えない全力で犬と私が蚊柱をゆく

（P.127／南極に宇宙に渋谷駅前に）

点ほどにちいさくなった君を呼ぶ　呼んで帰ってくるまでの風

（P.129／南極に宇宙に渋谷駅前に）

そして、次のような歌を読んだときの私たちは、まさに作中主体（≒岡本真帆）のことを、愛らしい犬を見るような目で捉えることになる。

帰りつつ家賃の歌をつくったら楽しくなって払い忘れた

（P.32／リスがすごいの）

犬がいる！　駆け寄ってみて少しずつ岩だったたってことに気がつく

（P.8／犬がいる！）

花言葉どころか花の名前すら知らないけれどもらってくれる？

（P.160／愛のかたまり）

この本においてはもはや、犬とは岡本真帆であり、岡本真帆とは犬なのだ。

冒頭の話に戻る。私は幼少期に親戚の家に遊びに行ったとき、さっきまで愛でていた仔犬が急に自慰行為を始めたところを目撃してしまい、かなりショックだったことがある。誰だって、無邪気さのかたまりのように思っていた犬のセクシャルな面はあまり見たいものではないと思う。だからと言って、私たちにとって理想の犬のような歌だけを語ることは、この本の魅力を言い切ったと言えない気がして、私の心の座りが悪い。そこで、ここからはあえて〝反・犬的〟な岡本真帆の世界に触れていく。

恋人じゃない人とみた一本を私は一人でみたと言い張る

（P.96／声を待ってた）

読み手の状況や思考によって捉え方がかなり変わりそうな歌だ。主体が「恋人じゃない人」に対し、好意があるとも嫌っているとも取れるし、また、現在、主体側に恋人がいるともいないともとれる。あなたは、主体が「一人でみたと言い張る」理由は何だと思いますか。

ねむってる駅ねむってる白い街ともだちだけどしたねむいキス

（P.145／ねむいキス）

こちらも「恋人じゃない人」との歌だが、関係性は明確に「ともだち」である。リフレインされる「ねむってる」「ねむい」の平仮名表記に呼応するように「ともだち」も平仮名で表され、夜明け前のとろとろとした空気と一緒に、二人の関係性も溶けていきそうだ。

二人きりになればどこでもキスをしたエレベーターは地下まで沈む

（P.148／レイトショー）

エレベーターとともに二人の世界がどんどん深まってしまうような、新鮮な恋の歌。こういう時期って恋愛をしたことのある人みんなにありそうだけど、あらためて歌にされると恥ずかしくていいですね。

ほとんどもうセックスだった浮ついた気持ちでなぞりあうてのひらは

（P.149／レイトショー）

体温を確かめあって繋がって深く眠って（ひとりとひとり）

（P.152／レイトショー）

一首目は、実際のセックスをしていないのに二人の心がその状態に近いことを歌っていて、二首目は逆に、セックスをしているにもかかわらず、個として生きている存在感が際立つような歌だ。セクシャルな歌でも、行為自体に目的はなく、あくまで関係性を捉えていることが強調されている。

性交渉なにを交渉するんだろう裸で触れるふたりで眠る

（P.150／レイトショー）

性愛にまつわる歌とは、性行為を通じて自分が嬉しかった、辛かった、冷めていたなど、主体による一方的な眼差しで切り取られたものが多いと思う（短歌というジャンルがそもそも私性に密接なものだから当たり前だが）。そんな中で、岡本真帆の歌は、相手と自分がフェアであり、同時に、同罪を担っているという雰囲気を纏う。

「恋人じゃない人」「ともだちだけど」のように、相手との関係性を執拗に歌に織り込むのは、「本来、恋人とするべきことだから」という前提を感じさせ、これらは岡本真帆のある種真っ当な恋愛観が根底にある。

にこいちで飼えば可愛いねこたちに愛の偏りうまれてしまう

（P.98／声を待ってた）

びっくりした。柔らかい口調でなんてことを言うんだろうこの人は。私はまさに可愛いねこをにこいちで飼っていて、ふたりに愛の偏りがあるなんて、認めたくも考えたくもないことだ。しかも、おそらくこれは猫だけでなく、子どもや友人、お気に入りのぬいぐるみなど、あらゆるものに対して愛の序列が生まれることを危惧している歌だと読んだ。前提として、私、上坂あゆ美は「生々しさをありのまま受け止めること」に詩情を見出しているのに対し、岡本真帆は「現実をファンタジーとして昇華すること」に詩情を見出す傾向がある。にもかかわらず、この歌は、あまりにも生々しい現実を唐突に断言し、提示してくるのである。……あれ、岡本真帆ってそんな人だったか？

ぐるぐると考えた末にふと、「そもそも、愛の序列ってあってはいけないものなのか」という問いを持った。それに気づいたきっかけは、岡本さんと私、ひいては『水上バス浅草行き』と『老人ホームで死ぬほどモテたい』という二冊の本が、「にこいち」的に扱われることが増えたからだ。この歌集副読本を共著で出していることが最たる例だが、同世代で同時期に第一歌集を出し、岡本さんと上坂さん、という呼ばれ方をされることも増えた今、短歌という狭いようで広い世界の中で、我々は紛れもなく「にこいち」なのかもしれなかった。しかしここまで見てきたように、私たちの本は真逆と言っても良いくらい、つくり方も描くモチーフも世界の秩序も、何もかもが異なっている。だから、読者の中で「『水上バス』の方が好き」「『老人ホーム』の方が好き」と意見が分かれるのは当たり前のことで、むしろそれぞれとして読んでもらえることが有り難いとも思っている。

つまりこの歌は、愛することの覚悟の歌なのかもしれなかった。どれだけ平等に愛したくても、愛の量は自分でコントロールできるものではない。そもそも何かを好きになるということは、それ以外のものと明確に序列をつける行為である。さらに「にこいち」っぽく見える存在だとしても、それぞれをよく観察し、自分の好みと照らし合わせたからこそ生まれるのが、「愛の偏り」なのかもしれない。こういう愛の残酷な面も覚悟の上で、それでも愛したい。これこそが、岡本さんがスピッツや短歌に注ぐ「直射日光のような愛」の秘訣なのかもしれないし、ここまでの全ては、単純に私が考えすぎているだけかもしれません。

僕がやりました

世の中には、友人に絶交されたことがある人とない人がいる。私も岡本さんも、「ある」側だという話で盛り上がったことがある。明らかに気が強い私はともかく、明るく穏やかな岡本さんが絶交されたことがあるというのは意外だった。理由を尋ねると「側にいると、光が強すぎるって言われたんだよね。そのせいかも」と言う。この人、自分の眩しさに気づいてたんだ。冒頭で、いい歌には加害性があるという話をしたが、岡本さんはそんな自分の加害性に自覚的だということが、次の歌からも読み取れた。

火にかけて殺めることをためらえばゆっくりと死ぬ真水のあさり

(P.33／リスがすごいの)

あさりを高温で殺すのはかわいそうだから、とりあえず真水に浸けておく。するとあさりは段々と息絶える。明確な加害を避けた結果、より苦しみを長引かせてしまうということは、人間関係においても頻発することだと思う。例えば、好意を持っていない人から自分へ好意を向けられたときに、きっぱりと断るのが火にかけて殺めることだとすると、真水で殺すのはＬＩＮＥの既読スルーのようなことだろうか。普通は自分の加害性を認めたくないからこその行為だと思うけれど、それをはっきりと自覚し歌にしているところに、驚きとともに怖さを感じる。

文通はきっと私で終わるだろう　遺跡のようなしずけさの町

（P.60／振り返す手）

文通が盛り上がっていた頃は、きっと町も栄えていたのだろう。それが今では遺跡のように静かに、町という形だけが残っていることに、文通相手との関係の変化を思わせる。二人は、互いに終焉の予感を感じている。文通を終わらせるのは相手か「私」か、二通りの読み方ができるが、ここでは「私」が手紙を投函した後、もう返事が来ないことを予期している状態であると読んだ。この歌の主体は、自分から文通を終わらせず、相手に終わりを選ばせようとする。それは、あさりを火にかけて殺めずに、真水に浸してゆっくり死に向かわせる怖さに似ている。この歌の「私」は、きっとその加害性も覚悟した上で、最後の手紙を投函したのだ。その手紙には、一体何と書かれていたのだろう。

なくなってもいいよ

ここまで読み進めてみて、『水上バス浅草行き』全体に強く感じられた大きなテーマ。それは、「喪失の受容」である。「去るものはけして追わず、その事実を受け止める」とも言える。

おそろいの雪玉だったたいせつに守っていたら溶けてしまった

（P.142／たぶんあなただ）

花かんむり一輪ぬけばたちまちにこぼれてしまう時計のように

（P.30／リスがすごいの）

雪玉であれ、花かんむりであれ、簡単なきっかけでうしなってしまう。むしろ、大切にするからこそうしなうことがある。無理に形を留めさせようとするのではなく、喪失という事実を受け止めるからこそ、岡本真帆の歌が生まれる。

もう君が来なくったってクリニカは減ってくひとりぶんの速度で

（P.24／街で暮らす）

同棲に近い状態だったと思われる恋人の喪失を、歯磨き粉を通じて描く。それでも生活は変わらずに進むことを受け入れている。

もう会うことはないだろうきみ　冬空の一等星は光り続ける

（P.88／北極星の日々）

ここにいるあたたかい犬　もういない犬　いないけどいつづける犬

（P.83／ここにいる）

きみだけの名の呼び方があったこと蹴った小石はやがて水路へ

（P.55／遠い星）

銀杏をくさいくさいと言い合って歩いたきみはいない　半月

（P.155／レイトショー）

君からのさよならばかり切り取ったビデオのほとんどが交差点

（P.21／いつか忘れる）

紫陽花がぜんぶ白くてもう君に会えないことを知る夢のなか

（P.147／風が強くて）

関係性は様々だが、主体にとって重要だった存在に想いを馳せる。いずれも、もう会えない事実を噛みしめ、追憶するのみで、会えなくなった人を取り戻そうとする歌は一首もないのが特徴的である。

花びらを掻き消す風雨いつの日か君を喪うから抱きしめる

（P.118／悪役）

もはや相手と会える関係の最中であっても、喪失の予感を感じている。去るものは追わない主義である一方、ドライな人間ではけしてなく、その分いま目の前にいる存在を大切にする気持ちが感じられる。また、「喪う」という表記は選択的別れというよりも死別を強く匂わせるため、この場合の「君」は自分よりも年齢が大きく上の人間か、または犬などの動物かもしれない。

パチパチするアイス食べようといつか死ぬことも忘れてしまう夕暮れ

（P.23／街で暮らす）

パチパチするアイスとは、きっとサーティワンアイスクリームで長年一番人気のフレーバー、ポッピングシャワーのことだ（大好きです）。ミントグリーンと赤と白が混ざりあったあのアイスは、楽しさや明るさの象徴のような名前とビジュアルであり、これを食すことは、主体にとって人生を謳歌する行為なのだろう。つまり、「いつの日か喪うから抱きしめる」気持ちは、他者だけでなく自分自身にもあてはまることなのだ。

入らないでください（犬は可）

岡本真帆にとって、「全てのものはいつか喪うからこそ、いま自分のテリトリーにあるものを大切にする」という考え方は、この本の全てに強く現れている。ただどうやら、目の前にある日常のすべてを全て大切にするというわけではなく、岡本真帆のテリトリーには入国審査のようなものがあるのだ。

すぐに手を探して握るひとの手をうなずきながらゆっくり解く

（P.50／遠い星）

「すぐに手を探して握るひと」は、過去に恋人関係にあった人かもしれないし、誰の手でも握る人なのかもしれない。ただ、同意なく手を握るというのは主体にとって不法入国行為にあたる。そういうとき、批判や否定をするでもなく「うなずきながらゆっくり解く」

ことで、自らのテリトリーを守ろうとしている。

親友は誰かと訊かれ透けてゆく体　廃村の春になりたい

（P.15／安全な場所）

親友は誰かという質問は、いわば友人たちに序列をつけるような行為であり、こういった質問をすることも岡本真帆の入国審査法に抵触する。そんなとき、やはり明確な批判や抗議をされることはないが、こういったことを続けると、彼女はいつか廃村の春になってしまうから、気をつけてほしい。

防弾着、かならず買って。街中の銃はスマホのかたちをしてる

（P.26／無垢）

スマホにおける攻撃性とは、おそらく物理攻撃ではなく、SNSの中傷や悪口といった精神攻撃であると思われ、そういった攻撃も岡本真帆のテリトリーを侵す重大な要素だ。そんな攻撃から身を守るための手段が「防弾着」なので、ここでいう防弾着はあくまで比喩である。ここからは岡本真帆にとって「心の防弾着」が何なのかを考えてみる。

花を買う誰かのための花じゃなく私をここに留める花を

（P.92／声を待ってた）

なにか主体にとってテリトリーが侵される出来事があったのだろう。体が透けないように、廃村の春にならないように、花を防弾着として持っておきたいのかもしれない。

ていねいなくらしにすがりつくように、私は鍋に昆布を入れる

（P.14／安全な場所）

「安全な場所」は、労働や日々の出来事にすり減る様子を詠んでいる連作で、そんなときの防弾着は「昆布」である。ただ、昆布そのものが守ってくれるわけではなく、昆布から出汁をとって食事をつくることができる自分の状態を確認することで、テリトリー内の治安を少しでも守ろうとしているのだ。

さて、『水上バス浅草行き』といえば「犬」と言われるように、この歌集は犬の歌が執拗なほどに多い。本人が大の犬好きであることは想像にたやすいが、岡本真帆のテリトリーにおいて、犬はただそれ以上の意味を持つと考えられる。象徴的なのは次の歌だ。

こぼれてくものがあまりに多すぎて抱きしめていい犬をください

（P.18／安全な場所）

犬とは、岡本真帆がケアして守る存在というだけではなく、逆に、岡本真帆のテリトリーを守り、満たしてくれるものだったのだ。また、昆布や花がシーン限定的な「防弾着」であったのに対し、犬はいついかなるときも心の防弾着であり、不可欠なものであることが、歌集全体から読み取れる。

犬の名はむくといいますむくおいで　無垢は鯨の目をして笑う

(P.26／無垢)

ここにいるあたたかい犬　もういない犬　いないけどいつづける犬

(P.83／ここにいる)

特定の犬について歌うこともあれば、架空の犬について歌うことも、すでにいなくなった犬について歌うこともある。すべての犬という概念そのものが、彼女のテリトリーを守る存在なのである。

入口で待ってる犬の飼い主が出てくるところまで見てしまう
（P.46／ターャジス）

蹴りながら散歩をさせる飼い主に遭うたび胸のクレバスは開く
（P.62／いるかのかたちの軽石）

人間はいつも勝手だ　愛犬をドクはふざけた車に乗せて
（P.126／南極に宇宙に渋谷駅前に）

だからこそ岡本真帆は、世界に不幸になっている犬がいないかを心配しつづける。すべての犬を「ひとりにしない」ことは、岡本真帆自身を「ひとりにしない」ことなのかもしれない。

おわりに

教室じゃ地味で静かな山本の水切り石がまだ止まらない

『水上バス浅草行き』は、巻末の見返しにこの歌が一首入って終わる。この歌を読むと、頭の中で石が水面を跳ね続け、止まらなくなる。これは岡本真帆からの「To be continued」というメッセージなのだろう。

地味で静かに思えた山本に意外な一面があるように、岡本真帆にもまだまだたくさんの面があるのだ。岡本さんは一生短歌を作り続ける人だと思うから、友人として、ひとりのファンとして、第二歌集、第三歌集を今から楽しみにしている。そしていつか、お互いの歌集をぜんぶ持ち寄って、老人ホームで死ぬほど語りましょう。

おわらなかった！

一瞬おわりかけましたが、私がとくに好きな歌を紹介していないことに気づいたので最後に二首だけ、紹介してから終わります。

レントゲンには写らないものだけど君のたましいそのものだった

（P.113／ポニーテール）

転職活動をしていたとき、年齢や性別や出身大学や今までの実績みたいな、冷たい情報で自分を捉えられることに違和感を感じた。「もっと私の魂を見てくれよ」と思った。人と話すときも、その人の年齢や性別みたいなデモグラフィックデータではなくて、魂の形を見るようにしている（自分がそう見られたいから）。これらの魂は、残念ながら履歴書には書けないし、レントゲンにも写らない。でも確かに存在する。この歌ではそれがポニーテールとして具現化している人を歌っていて、私も、年齢や流行ではなく、自分の魂を具現化するような髪型や服装をしていきたい。

ほんとうは強くも弱くもない僕ら冬のデッキで飲むストロング

（P.135／水上バス浅草行き）

私の短歌やSNSの発言しか知らない方に会うと必ず、「上坂さん、もっと長身の怖そうな人かと思ってました」と言われる（実際は154センチしかない）。『老人ホームで死ぬほどモテたい』の監修をしてくださった歌人の東直子さんに初めてお会いしたときも、そのようなことを言われた。心当たりが無くもなくて、私は自分が強い人間だと信じたいし、強そうな人だと思われたいのだ。自分がそう思っているということを、この歌の上の句で気づいてしまって恥ずかしい。だけど私だけではなくて、人間は自分を強い／弱いのどちらかにカテゴライズしたがるものではないだろうか。

冬のデッキでストロングを飲むことは、かなり強そうな行いではある。だけど全ての人間がほんとうは強くも弱くもないことを、この歌は知っている。岡本真帆の歌は、ほんとうは明るくもないし、暗くもない。強くもないし、弱くもない。わかりやすさを求めて二極化してしまいがちな私たちに対して、ずっと「ほんとう」であろうとしている。

岡本真帆が『老人ホームで死ぬほどモテたい』を読む

はじめに

「『老人ホームで死ぬほどモテたい』っていうタイトルにしようと思うんだけど、どう思う?」

歌集が刊行される数ヵ月前、上坂さんからそんな相談のLINEを受け取ったことがある。私は初めてそのタイトルを知ったとき、混乱した。まず気になるのは、「老人ホーム」と「死ぬほど」の取り合わせだ。「老人ホーム」だけで人生の終わりを連想するのに、そこに「死ぬほど」をぶつけてくる。老人ホームで死ぬほどって、ブラックジョークなんだろうか。笑っていいんだろうか。しかもそれだけではない。さらに「モテたい」が来るのだ。モテたい!? 老人ホームで!? 言っていることが軽いのか、重いのか、見れば見るほどわからなくなって戸惑った。そしてすぐさま「よくないと思う」と反対した。『老人ホームで死ぬほどモテたい』は歌集のタイトルとしては外連味《けれんみ》が強すぎる。上坂さんの短歌には、すごくいい歌がたくさんあるのに、タイトルが俗っぽすぎて読み手に舐められるんじゃないか。タイトルによって上坂さんが損をしてしまうのではないか。そんなことを思ったのだ。だから反対したのに、歌集の名称は結局『老人ホームで死ぬほどモテたい』になった。上坂さんは私以外にも何人かに『老モテ』（本書の愛称）のタイトルの是非を問うたそうだ。そうか、他の人たちは賛成だったんだろうなあと思って尋ねてみると、「反対派の方が多かった」とのことだった。

多くの歌集は、そのタイトルが短歌や連作タイトルから引用されている。しかしこの歌集はそうではない。『老人ホームで死ぬほどモテたい』という奇抜なタイトルの意味は、あとがきの最後で初めて明かされる。

いつか老人ホームに入るころには、わたしの中の全てのわたしから、死ぬほどモテたい。手放しで称賛せざるを得ないような、かっこいいわたしになるのだ。

読者はこの一文を読むことで初めて、歌集を通して元気や勇気をもらっていた理由に気づく。わたしの中の全てのわたしから手放しで称賛されるには、過去の全てのわたしを愛する強さが必要だ。上坂さんの短歌は、過去の自分の全てを肯定するようなおおらかさと強さがある。そしてそういう歌が、『老モテ』には散りばめられている。

歌集の区分けについて

この本では、勝手ながら『老モテ』を三つのグループに分類した。歌集は十三の連作からできている。

第一群……「スナックはまゆう」「エグザイルによろしく」「xの値を求めていた頃」「海物語」

第二群……「ヤニとマカロン」「国民年金」「夜」

第三群……「バズらない夏」「有休で泥だんご」「捕食者」「グッドなピープル」「たのしい地球最後の日」「新堀ギターをさがしてごらん」


これから私が行うのは一首評だ。短歌一首一首を取り上げ、どのように楽しめるのかを言葉にしながら、上坂あゆ美が歌集を通して表現しようとしている世界を読み解いていく。

いい短歌は、たった三十一音という短い言葉で読者をその世界の虜《とりこ》にする。作者本人についての事前知識があってもなくても、作者のことをよく知っていても知らなくても、実は短歌を読む上では関係ない。それって、すごいことじゃないだろうか。物理的な距離があったとしても、年齢が離れていても、同じ時代に生まれていなくても、私たち読者はいつでも作品を通して作者の世界を味わうことができる。感動できる。

上坂さんと私は、年が近く一緒に旅行にも行ったりするような仲だ。その仲の良さとは関係なく、私は一人の読み手として上坂さんの短歌を通して感じたことやイメージしたことを言葉にしていきたいと思う。これから書くことは短歌の読解の正解ではない。読み手の数だけ存在する解釈の中の一つとして、楽しんでいただけたら嬉しい。

第一群

黒いページに挟まれて

「スナックはまゆう」から「海物語」までの連作は、地元の静岡県沼津《ぬまづ》市を舞台とした家族の物語である。「スナックはまゆう」から「海物語」が一つの塊として捉えられることは、歌集の目次ページを見ても明らかだ。「海物語」と「ヤニとマカロン」の間には、その後の連作とわけられるようにスペースが空けられている。そしてもう一つ、おもしろいポイントがある。黒いページだ。4ページと51ページが真っ黒に塗りつぶされている。「スナックはまゆう」から「海物語」までの連作はこの黒いページに挟まれるように収録されていて、黒歴史、暗黒期といった言葉を思い浮かべる構造になっている。一首一首の歌だけでなく、構成そのものにもメッセージが込められているのがわかる。

歌集のトップバッターを飾る連作「スナックはまゆう」は、祖母の死を受け止めるシーンから始まる。

ばあちゃんの骨のつまみ方燃やし方　YouTuberに教えてもらう

（P.6／スナックはまゆう）

葬儀での作法を確認するためにYouTubeを見ている。葬儀という、「昔からある変わらないもの」のやり方を家族から教わるのではなく、現代的なツールを使って自分で学ぼうとしている。

「ばあちゃんの骨のつまみ方」は、火葬が終わったあとに行われる骨揚《こつあ》げ・収骨のことだろう。「つま」むというコミカルな動詞と「骨」の組み合わせに意外性があり、驚くのだが、さらに火葬の仕組みを表現するのに「燃やし方」とポップな婉曲《えんきょく》表現を採用していることから、重々しい「死」というものがライトに感じられる不思議な読み味がある。祖母が亡くなったことに関する感情の描写はなく、淡々と出来事を受け止めようとする様子が描かれている。

一見クールにも思える「わたし」は、もしかしたら混乱しているのかもしれない。そう推測できるのは、「つまみ方」「燃やし方」の葬儀に逆行する語順が採用されている点だ。遺体の火葬を「燃やし方」と表現しているのだとしたら、「つまみ方」はそのあとにくるはずである。しかしこの歌では「つまみ方」という自分がなすべき具体的な行為を先に把握し、そのあとで「燃やし方」を教わっている。いつかは訪れる死という大きなものを自分の中で咀嚼《そしゃく》する第一歩が、自分が具体的にすべきことを把握することなのかもしれない。

マスカラが目尻の皺についたまま献花の前でうつくしい母

（P.6／スナックはまゆう）

お葬式の当日。献花台の前にいる母を「わたし」が見ている。目尻についたままのマスカラは、涙で流れてしまったのだろうか。それでもうつくしい母親の凜とした姿を静かに見つめている。

いつどこの街に行っても「はまゆう」って名前のスナックある　怖い

（P.8／スナックはまゆう）

死んだらさ紫の世界に行くんだよ　スナックはまゆうの看板みたいな

（P.9／スナックはまゆう）

連作のタイトルにもなっている「はまゆう」が登場する二首。

現実世界のバグを発見してしまったかのような一首目にハッとする。気がつけばそこにある「スナックはまゆう」は、日常に忍び込んでいる「死」そのもののようだ。だからこそ二首目の「死んだらさ紫の世界に行くんだよ」と言うセリフめいた上《かみ》の句にも妙な納得感がある。

サザエさんはパーを出してる来週が来ない人にも来るわたしにも

（P.11／スナックはまゆう）

日曜日の夕方の象徴であるテレビアニメ『サザエさん』。次回予告の最後には、サザエさんとのじゃんけんコーナーがある。

来週が来ない人というのは、亡くなった祖母を含めた、数時間後にやって来る月曜日からの一週間を迎えられない人のことだ。

さまざまな理由で、今日このときも命を落としてしまう人がいる。

この歌がおもしろいのは、作者はそういった人たちに想いを馳せながらも、自分には絶対に明日が来るということを確信しているところだと思う。

来週が来ない可能性について理解している一方で、わたしにはそれが確実にやってくると信じていて疑わない。明日が来ることを確信していることは、なんと強いことだろうか。「わたしは生きる」「生きてやるぞ」という主体の強い意志が込められている一首である。

撫でながら母の寝息をたしかめる　ひかりは沼津に止まってくれない

（P.13／スナックはまゆう）

葬儀を終えた母親が眠っている。

「撫でながら」の対象は母親本人かもしれないし、飼っている動物だったり、別の誰かだったりするかもしれない。この歌だけでは撫でている対象が何かを断定できないが、「撫でながら」「寝息をたしかめる」という行為には、母親を慈しむ気持ちがにじんでいる。

「ひかり」は新幹線のこと。自分たちの眠る、夜の沼津を通過して、輝く「ひかり」はどんどん遠くへと行ってしまう。停車しない「ひかり」に沼津から乗ることは叶わない。まるで沼津という地が「わたし」を呪いのようにこの場に縛り付けているように思える。「止まってくれない」の「くれない」の部分からは、主体の願いに反して遠ざかる新幹線への恨めしい気持ちがあふれ出しそうになっている。

不和、それでも家族であること

続く連作「エグザイルによろしく」で、上坂家の家族構成が見えてくる。

母は鳥　姉には獅子と羽根がありわたしは刺青《タトゥー》がないという刺青《タトゥー》

（P.15／エグザイルによろしく）

センセーショナルな一首。上坂さんの家族の自己紹介的な役割を果たす短歌だ。母親には鳥のタトゥーがあり、お姉さんには獅子のタトゥーと羽根のタトゥーが入っている。それに対して上坂さんにあるのは「刺青がないという刺青」だ。

この短歌は、タトゥーを入れることをためらわない母や姉が自分とは違う存在であることや、家族の中で自分だけが異質であることを強調している歌だと思っていたのだが、繰り返し読んでいくうちに「刺青がないという刺青」という表現に込められているメッセージはそれだけではないことに気がついた。

これは「自分だけ二人と違って刺青を入れていない」という分断を強調する表現ではない。刺青を入れないという選択を「刺青がないという刺青」と表現することで、むしろ母と姉と「わたし」は家族であり、強いつながりを持っていることを主張している。

ロシア産鮭とアメリカ産イクラでも丼さえあれば親子になれる

（P.19／エグザイルによろしく）

ロシア生まれの鮭と、アメリカ生まれのイクラ。故郷が異なり、バックボーンが異なる者同士だったとしても、丼という器があれば親子丼を名乗ることができる。たとえ母や姉と自分が異なる性質を持っていて、お互いにわかり合える存在ではないとしても、「家族」という共同体の器の中にいれば、そこに家族というつながりが生まれる。上坂さんは、家族との不和を感じながらも、歌集を通して家族とは何かを考え続け、歌にし続けている。

姉はもう以前の記憶を手放してりんちゃんママに生まれ変わった

（P.15／エグザイルによろしく）

『老モテ』の表紙には、赤いワンピースを着た少女が二人描かれている。これは上坂さんの幼少期の写真をベースにつくられたものだ。ページをめくるとデザインの元になった写真が出てくる。尻餅をついて倒れているのが幼い上坂さんで、その前に突き飛ばすように立っているのがお姉さん。上坂さんの戸惑いの表情がばっちり収められている衝撃的なこの一瞬を歌集のデザインに使用することを、上坂さんは随分早い段階から決めていたそうだ。

「りんちゃんママに生まれ変わった」姉の以前の言動や行いを「わたし」は忘れていない。きっとこの装画になったシーンのような、「わたし」が忘れられないでいる瞬間はいくつもあるのだろう。しかしお姉さんは過去の記憶を手放して、今はもうりんちゃんママとして生きている。姉の変わり身の早さに、あの幼い日の表情のような、渋い顔を向けているような気がしてくる。

ヒョウとゼブラ柄で車を埋め尽くす姉は何かを信仰している

（P.21／エグザイルによろしく）

十年も経つのに車中は変わらずに愛を歌っているエグザイル

（P.22／エグザイルによろしく）

自分には理解できない、ヒョウとゼブラ柄のアイテムで埋め尽くされた車中。自分には馴染みのない、エグザイルの楽曲。いわゆるマイルドヤンキー的な趣向を全力で愛するお姉さんの、自分とは明らかに異なる世界観。不和を感じ、どこまでも決して相容れない相手であるにもかかわらず、彼女が唯一無二の「姉」である事実を、「わたし」は一歩引いた目で冷静に見つめているようだ。

つっかえて流れないわたしの大便を母の彼氏が割り箸で切る

（P.18／エグザイルによろしく）

この短歌に花丸をつけたい。

困っている「わたし」がトイレの前に立ち、しゃがみこむ母の彼氏を不安げに見つめている様子が浮かぶ。母ではなく母の恋人が対処しているのは、母親が「やってあげて」と頼んだからだろうか？　母親とその恋人、二人の力関係もなんとなく想像がつき、とんでもない状況下の三人の異なる表情を想像すると笑いがこみ上げてくる。「大便」というテーマ詠の短歌大会があるとしたら、この歌は優勝候補で間違いない、最強の大便短歌だと思う。

沼津という街でxの値を求めていた頃会っていればな

（P.23／エグザイルによろしく）

「xの値を求めていた頃」とは、学生時代のことだろう。中学や高校で数学の授業を受け、数式を解いていた昔の自分。「xの値を求めていた頃」という表現が絶妙で、おそらくxという未知数には、数字だけではなく、自分の進むべき未来も入るのだろう。
この一首のあとに次の連作タイトル「xの値を求めていた頃」が大きく表示され、上坂さんの学生時代を振り返る短歌が並び始める。映画や漫画で初めてタイトルが表示されるときの演出のように回想シーンに突入する構成は、かっこよくてずるい。

不器用なわたし、ままならない世界

富士山が見えるのが北と言う教師　見える範囲に閉じ込められて

（P.25／xの値を求めていた頃）

教室での風景だろうか。たしかに、富士山がある方角が北という認識は、沼津で暮らしていれば間違いないのだろう。しかし、未来を生きていくための知識を教える立場である教師が、偏った認識を子どもたちに教えていることには危うさを覚える。教師を揶揄《やゆ》する冷ややかな目を持つ一方で、「わたし」もまた教師と同じように沼津という地に閉じ込められていることを実感している。

修二と彰、どっちも嫌いと答えたらなんかわたしだけ重力おかしい

（P.26／xの値を求めていた頃）

テレビドラマ『野ブタ。をプロデュース』に登場する、亀梨和也と山下智久が演じていたキャラクターにまつわる歌だ。上坂さんと私は年が近いのでよくわかるのだが、当時のクラスの話題はジャニーズが登場するゴールデンタイムのドラマで持ちきりだった。教室には一人や二人、ジャニーズ事務所のアイドルが大好きな女子がいる。その子を中心に、週末に観た最新話についてわいわい話していた。修二も彰もイケメンなので、どっちが好

きかという会話に自然となっていくものだった。

「修二と彰どっち派？」そんな質問を教室で投げかけられたのだろう。しかし「わたし」は「どっちも嫌い」と答えてしまった。回答として間違いなく悪手である。

質問の答えを待っている女子たちは、修二派と彰派に分けられている。その子たちを前に、否定するように「嫌い」と言ってしまったら、険悪な空気になってしまうことは想像に難くない。

生きていると、その場の空気を読んだり、相手の気持ちを汲み取ってそれなりに対処することが求められる場面に何度も遭遇する。それなりの答え方をしてやり過ごすことで、余計な波風を立てないようにする処世術を、「xの値を求めていた頃」の「わたし」はまだ知らないようだ。

「君が好きです」そうですか　よかったです　それではわたしは帰宅をします

（P.28／xの値を求めていた頃）

放課後、誰かから告白されるというドラマのような場面だ。よかったですという淡々としすぎているリアクションに、「どっちも嫌い」の歌同様、普通はそうはならんやろ！と突っ込みたくなってしまう。

告白してくれた相手を無下にはしていないのだが、「好きです」という告白に対してあまりにもあっさりとしたリアクションを返している。これがもし「付き合ってください」だったらリアクションは違ったのかもしれない。「好きです」と言われても、その言葉には「そうですか」としか言えない。「わたし」の合理的な性格が垣間見える一首である。

「気持ちは嬉しいけれど、ごめんなさい」とか、マイルドに断る方法はいくらでもある。告白をしてきた人物に、このあと恨まれていないかが心配になった。

踊ってるときだけ呼吸がしやすくて今日も松ヤニ踏みしめている

（P.29／xの値を求めていた頃）

ぜんぶ燃えちまえと思ってプリエする　もうすぐ夜がわたしを選ぶ

（P.37／xの値を求めていた頃）

「学校」という社会でうまく生きていく方法や、不都合なことをやり過ごす術を知らない「わたし」にも、安らぐ瞬間がある。

プリエはバレエの基本動作で、松ヤニはトゥシューズに滑り止めとして使われる。「ぜんぶ燃えちまえ」と自分と相容れない世界や他者に対しての想いをたぎらせながら、いつか自分が選ばれる夜が訪れることを、「わたし」は信じている。

「離婚したら名字どっちになるのがいい？」走るボルボの灰皿あふれる

（P.38／xの値を求めていた頃）

ライトな口調で投げかけられる質問は子供にとっては世界を揺るがすほどの大きな問題

だ。あふれる吸い殻と、感情がリンクする。溜まっていく吸い殻で車の灰皿があふれてしまうように、大人が決めた「離婚」を、子供の自分は止められない。車が走行中であることからも、動き出してしまった運命をどうすることもできない焦りや悲しみが感じられる。

父はフィリピンに移住し、現地の女性と再婚したらしい。

リモコンにラップかけてたあの家で一度も本気で話せなかった

（P.39／xの値を求めていた頃）

ラップが掛かっているリモコンは汚れがつかないようにする意図だろうか？　家庭独特のルールを感じる。こういった描写ひとつで、訪れたことのない上坂家のリビングや食卓が見えてくるようだ。

短歌に添えられた詞書《ことばがき》から、離婚後の父親の動向が把握できる。現地の女性と再婚したらしい、という伝聞形式の書き方であるところから、「わたし」が直接父親とコンタクトを取らなくなっていることも伝わってくる。
「かけてた」と過去形になっていること、「あの家」と呼んでいることから、一緒に暮らしていた時間は過去の出来事になっているようだ。その当時のことを思い出しながら、「本気で話せなかった」事実を見つめている。

お父さんお元気ですかフィリピンの女の乳首は何色ですか

（P.41／xの値を求めていた頃）

手紙の書き出しのような気さくな言葉で始まるこの一首は、異国で生きる父へのドキッとする問いかけである。現在は一人の男性としてフィリピンで恋愛をして自由に暮らしている父。「女」という表現には、もしかしたら自分の父親を奪った存在に対する恨みのような気持ちも込められているのかもしれない。答えを求めてはいないだろうこの質問は、自分たち家族を置いていった父親へのカウンター攻撃でもあるのだろう。

この歌で10代の頃を詠んだ連作は幕を閉じる。次の連作「海物語」は、大人になり東京で暮らし始めた「わたし」の元に、姉から連絡が入るシーンから始まる。

父親への追悼歌

2021年4月16日　午前10：50

晴れた日にIF関数を打ち込めば地元に暮らす姉より着信

（P.43／海物語）

昨夜未明急に倒れてそのまま　愛する妻の粥を食べながら

（P.43／海物語）

「海物語」は訃報から始まる、離れて暮らしていた父親についての連作である。私はこれらを、父親への追悼作だと読んだ。

「昨夜未明急に倒れてそのまま」に続く言葉は省略されている。そして、「誰が」という主語も書かれていない。

この歌集には父親についての歌が多く登場するのだが、実は「父」という単語が詠み込まれた歌は歌集全体で六首と少ない。「海物語」では「父」が含まれている歌は二首しかない。そのこと自体が、「本気で話せなかった」父との距離感を摑みあぐねている心理の表れのように思える。

やりたいことやってただけでそんなには悪い人ではなかったと姉

（P.44／海物語）

やりたいことやった結果として生まれているわたしのやりたいことは

（P.44／海物語）

「そんなには悪い人ではなかった」という姉に対して、「わたし」が同意している雰囲気はない。

姉の言葉を受けて、父親の生き方についてめぐらせていた「わたし」の思考は、自分の出生にまで辿り着く。あえて定型をはみだしたこの歌には、静かな迫力が宿っている。ぐるぐると思考が止まらなくなっているようにも見えるし、諦念や怒りのようにも思える。

父がむかし通ったパチンコ屋をググる　一つは潰れ一つはまだある

（P.48／海物語）

飛ばされてころころ落ちて穴へゆく　こんなにたくさん無邪気な銀玉

（P.49／海物語）

弔いの海物語　マニラにも沼津にも海は海として在る

（P.49／海物語）

亡くなった相手と会話することは叶わなくても、その人を知ろうとすることはできる。「海物語」はパチンコ台の人気機種の名前である。父親がかつて通ったパチンコ屋で台に座った「わたし」は何を想ったのか。「こんなにたくさん無邪気な銀玉」は「やりたいこと」をやって生きた父親の自由な生き様と重なるようである。

父親の死を知り、父親の生き様を知り、父親が通ったパチンコ屋へ行く。そんな連作「海物語」の最後の歌は、母親についての歌だ。この歌は、歌集の〝家族編〟のラストの歌でもある。

ルフィより強くてジャイアンよりでかい母は今年で六十になる

(P.50/海物語)

主体にとって大きな存在である母親の歌が、勇敢なキャラクターたちと比較するかたちで詠まれている。「海物語」の最後の一首として母親についての歌が配置されていることには、やはり意味があるのだろう。自分たち家族を守るように生きてきた、偉大な存在である母親への尊敬、敬愛の気持ちが、この一首から強く伝わってくる。

ロシア産の鮭とアメリカ産のイクラが親子丼になるために丼が必要なように、上坂家を家族としてつなぎとめているものは何だったのか。私はそれがお母さんだったんじゃないかと思う。おおらかで包容力があり、すべて抱きしめてくれる強い存在。それぞれ異なる生き方を貫く上坂家を家族にしているのは、全てを受け止めてくれる立派な母親の存在だったのではないかと思う。

第二群

魂の守り方

　真っ黒なページに挟まれた第一群を終えると、沼津を離れて東京に来た「わたし」の生活が始まる。家族や地元をテーマにした前半に比べると、それほど強烈な印象は感じないのだが、「ヤニとマカロン」「国民年金」「夜」の三つの連作は、家族からひとり立ちして個としての人生を獲得すべく奮闘する「わたし」の物語として読むことができる。この中から十二首を取り上げて読み解いていきたい。

　連作「ヤニとマカロン」からは、「わたし」が上京し、大学生になったことがうかがえる。地元にいた頃の歌と比べるとのびのびと自由な生活を謳歌しているような印象を受けるが、その一方でこれからどのように生き抜いていけばいいのか、どうしたら自分の魂を守れるのか、怯えながらも試行錯誤している十代ならではの揺らぎのようなものが垣間見える。「xの値を求めていた頃」とはまた違った、「わたし」の戦いがある。

人びとの生きたい気持ちを照らすためスーパー玉出は夜にかがやく

（P.54／ヤニとマカロン）

スーパー玉出《たまで》は、大阪方面で有名な、ド派手なスーパーだ。インパクトの強い外観と、ネオンのギラつく店内は観光スポットとしても人気になりつつあるとか。調べたらクリオネが売っていることもあるそうで、ますます気になる。

スーパーは生活の象徴だ。今日もご飯を食べ、明日を生きていくために、私たちはスーパーへ行く。ただの食料品店としてだけでなく、派手に煌めくネオンや普通の店には置いてない商品で買い物客を驚かせる玉出は、明るく人びとの今日や明日を照らす。この歌集には、「生きる」「生きたい」というキーワードが、何度も何度も出てくる。

全部ぶっとばせと思いながらするほぼ霊丸の萌え萌えビーム

（P.57／ヤニとマカロン）

その後の歌にも出てくるが、上坂さんは学生時代メイド喫茶でアルバイトをしていたことがあるそうだ。「萌え萌えビーム」はメイドさんがお客さんのお料理を美味しくするためにかける魔法のことである。フリルのついたメイド服を来て、可愛いでパッケージされた世界の中で、本当は「全部ぶっとばせ」と思っている。漫画『幽☆遊☆白書』の主人公が繰り出す必殺技のような覇気を纏っていることは、「わたし」以外は知らない。表層からは見えないことが、可愛さの裏側にある。

着ぐるみのための着ぐるみのための着ぐるみのための着ぐるみを着る

（P.60／ヤニとマカロン）

「着ぐるみの」がリフレインされることで「着ぐるみを着る」ことの意味がより強固なものになっていく。着ぐるみとは、自分を包み込み、素顔や魂を隠すものの喩えだろうか。可愛さにパッケージされたメイド服を着て誰にも気づかれない霊丸を撃っているように、自分の魂を守りながら生きていくためには着ぐるみが必要な場面がある。着ぐるみの厚着を繰り返していけば、生身の私はどんどん内側の存在になる。そうやって着ぐるみを着ることで、ようやく成せることがあるような、生きづらさも感じる。

じゅげむじゅげむごこうのすりきれ生きることまだ諦めてなくてウケるね

（P.60／ヤニとマカロン）

落語「寿限無《じゅげむ》」の一節が上の句になった一首。長寿を願ってつけられた長い名前を唱えながら、生きることについて考えている。「ウケるね」と気楽に主体は捉えているけれど、そうやってライトに吐き出したり笑ったりしないとやってられないくらい、真剣だ。

丁寧じゃないけど

続く連作「国民年金」で、「わたし」は就活生から社会人になり、社会へと出て行く。働くことを通して社会の理不尽さや社会で生きていくことの難しさを実感しながらも、「わたし」の在り方を模索している印象を受ける。完全に社会に迎合するのではなく、どうしたら自分の気高い魂を守りながら自分らしく生きていけるかを摑もうとしている。

畑からきゃべつを抱えて歩くごと生理用品抱える　東京

（P.62／国民年金）

生理用品は大きくてかさばる。ドラッグストアやコンビニ、スーパーで購入した生理用品を抱えて歩く様子は、畑で重たいきゃべつを抱えて歩いていた記憶と重なる。地方での生活と、東京での生活。主体にとって、きゃべつを運ぶことも、生理用品を買って帰ることも、等しく「生きること」なのだろう。

桃鉄で百億円の借金を背負ったままで御社を志望

（P.64／国民年金）

エントリーシートを書き、スーツを着て面接に臨み、志望動機をしゃべる。似たような見た目になり、決まった形式の中で必死に自己ＰＲをする。

もしも桃鉄で借金を背負っていても、その事実は就活の中では誰にも伝わらない。そして、伝える必要もない。

就活というロールプレイに身を投じながらも、ゲームの世界の中では莫大な借金を背負って大敗している自分がいることを、おかしく思っている「わたし」がいる。


（P.67／国民年金）

業務スーパーで売ってた幸せを2kg単位で腐らせてしまう

業務スーパーのわくわく感はすごい。お肉やお魚がkg単位で売っている。他のスーパーとは異なる規模感の商品に「お得だ！」と嬉しくなって買うのに、それをきちんと使い切るのは難しい。そんな期待や高揚感を「幸せ」と言うところがうまいなあと思う。

腐らせるために買ったはずじゃなかったのに、結局無駄にしてしまった。生活は、なかなか思うようにいかない。幸せに生きるのにもコツがいる。

経理部の声の小さい前田さんキットカットを垂直に割る

（P.68／国民年金）

声の小さな人は、あまり大胆なことをしなさそうに思うのはなぜだろう。キットカットを本来の窪みではなく、その線に対して垂直になるように前田さんが割るのを「わたし」は見た。人の意外な一面を見つけると嬉しくなる。きっと「わたし」の中で前田さんは「声の小さい」前田さんから「キットカットを垂直に割る」前田さんにアップデートされるのだろう。

懸命に生きてる　丁寧じゃないけど払っているよ国民年金

（P.69／国民年金）

上坂さんの歌集の中で何度も登場する「生きる」「生きている」という言葉が、ここにも出てくる。沼津を離れ、東京で働く日々の中で、生活がままならないこともある。丁寧に暮らせていないとしても、労働し、年金を納めていることは誇れることだ。それを確かめるように「懸命に生きてる」と言い、自分を労《ねぎら》いながら前を向いている。皮肉や自虐的な歌ではなく、明るい歌だと思う。

お好み焼きの大きい方をくれたこと地球ではこれを愛とか言うよ

（P.71／国民年金）

他者と食べ物を分け合ったとき、大きい方を相手に譲る。それは、もっとたくさん食べてほしいという願いだったり、少しでも美味しい思いをしてほしいという優しさだったりする。いずれにせよ相手を思って食べ物をより多く譲ることは、愛なのだ。そのちょっとした行為のことを「地球では」と大きなスケールで相手に伝えることは、まぶしくて、愛おしい。

学生時代力をいれて生きてきた　生きていくんだたくさんの夜

（P.72／国民年金）

就活中の自己PRのようなフレーズで、自身の学生生活を振り返っている。過去の自分の歩みを肯定しながら、これからの夜も生きていくと決意を改めている。自分を励ますように「生きてきた」「生きていくんだ」と言い聞かせる様子には、応援したくなるひたむきさがある。

親元を離れて東京で働く日々を描いた後、連作「夜」では、印象的な一首のみが出てくる。母親を想う真夜中の一首だ。

故郷の母と重なりしメスライオン　深夜のナショナル・ジオグラフィック

（P.74／夜）

深夜、ナショナル・ジオグラフィックのライオンのドキュメンタリー映像を見ている。映画『ライオン・キング』などでも描かれているように、ライオンの群れの頂点はオスライオンだというイメージがあるが、実際はそうではないらしい。オスライオンは群れを出たり入ったりして、群れの中には居場所がないという。ライオンの群れを構成するのはほとんどがメスライオンで、群れには彼らを率いる女王が存在するそうだ。

子どもたちを守り、仲間とともにチームワークで狩りをする。家族とともにたくましく生きるメスライオンの姿に、上坂さんは自分を産み、育て上げてくれた母親を重ね合わせた。

沼津を離れて、家族から離れて、「生きていくんだ」と鼓舞するように働く、東京での暮らし。自立して生活するようになっても、深夜に思い出すのは、自分を守り続けてくれた偉大な母親の存在だった。

第三群

生きてやるぞという覚悟

「夜」を最後に、この歌集では「わたし」の家族について詠んだ歌は出てこない。自立し、東京で働く「わたし」の日常が描かれている。連作「バズらない夏」以降の「わたし」は強い。「わたし」が「わたし」であることを、「わたし」は誇りに思っている。家族という群れを離れ、地元という呪いから脱することができた上坂あゆ美が生きる「現在」の短歌では、〝ままならないもの〟も含めたあらゆるものへの愛、生きてやるぞという決意があふれ出している。

第三群の歌では、上坂さんの軽やかな言語感覚が特に際立つ。全部取り上げたいくらいなのだが、ページ数が無限に膨れ上がってしまうので歌数を絞って紹介したい。

最後まで話が噛み合うことはなく西瓜の白いところかじりあう

（P.77／バズらない夏）

西瓜が美味しいのは、もちろん、果肉の赤い部分である。それ以上食べ進めてしまうと、皮に近い、白い部分に突入することになる。ここは本来食べるところではない。硬いし、美味しくない。

噛み合わない二人の会話は、ついに旨味のない部分に突入してしまった。お互いわかり合えないまま、着地点も見つからないまま。すれ違ったままで相容れない二人の気まずさ、どうしようもなさを、西瓜を食べる行為に喩えているところがおもしろい。

ふたりふたりみんなふたりのサイゼリヤ舞踏会はきっとこれから

（P.82／バズらない夏）

訪れたサイゼリヤの座席は、どこを見渡しても二人組。「わたし」はひとりでやってきているのかもしれないし、「みんな」と同じく二人組なのかもしれない。これからダンスを踊る二人組が集まるダンスホールに見えてきたサイゼリヤの店内で、舞踏会の始まりの合図を待っている。

琥珀色の宝石みたいな水ぶくれ　七回撫でたらちょっとだけ秋

（P.83／バズらない夏）

火傷や靴擦れなどの結果として出来た水ぶくれは、美しいものではなく、思わず目を背けたくなるもの。「わたし」はそんな水ぶくれを宝石に喩え、愛するように七回撫でる。それは愛おしく思っていることの表れだろうか、それとも時間が経過することの比喩だろうか。純粋にその美しさに驚いているようにも見えるし、生命の神秘に感動しているようである。自分の傷を肯定したいという願いもあるのかもしれない。
グロさと美しさが同居している。その異常さこそが、現実であり生命という感じがする。

これみんなつまんないって言うんだけどわたしが好きならきっと好きだよ

（P.101／捕食者）

「わたしが」の部分は二通りの解釈ができそうだ。「わたしのことを好きなのだとしたら」という読み方と、「他でもないわたし自身が」と自分のことを強調する読み方だ。
私は「他でもない自分が好きなものなのだから、きみも間違いなく気に入る！」と後者の解釈で読んだ。二通りの読みのどちらだとしても、「わたし」が自分を強く信じている様子は主人公のようで眩しい。「海物語」に出てくる一首で上坂さんは母親をルフィに喩えていたけれど、この「わたし」もまたルフィのようにパワフルで屈託がない。「修二と彰」をどっちも嫌いと答えた、十代の頃の「わたし」とはまた違った芯の強さを感じる。

お別れの頬のしずくの形見て「めっちゃ涙」ときみは笑った

（P.109／捕食者）

別れのとき、頬に涙が流れている。その涙の形が、デフォルメされたしずくの形そのものの形状をしている。気づいたきみが「めっちゃ涙」と笑う。別れの悲しみに寄り添うのではなく、その涙の形をおもしろがって笑っているきみ。二人の感情のコントラストの描き方に、現実の話というよりは、物語の中のワンシーンを見ているような気分になる。現実をポップに捉えて描写するのは、上坂さんの短歌のひとつの特徴であると思う。

地球最後の日は金木犀の香りでわたしは高いバターをなめてた

（P.123／たのしい地球最後の日）

「地球最後の日」はまだ訪れていないはずなのに、「なめてた」と過去形の表現になっているところが怖い。そして、あたかも私たちがその日を迎えたことがあるような不思議な感覚に包まれる。金木犀は秋のほんのわずかな時期にしか咲かない。そんな特別な香りの中で、「高いバター」という日常の延長にあるちょっと素敵なものを味わう。地球最後の日だとしても「わたし」は金木犀の香りに気づき、優雅で楽しい時間を満喫している。窮地に追い込まれても五感を楽しんでいる「わたし」のように、わたしたちはその日を受け入れられるだろうか。

桜舞う森でピースで立ったまま散るな笑うな　最終回かよ

（P.124／たのしい地球最後の日）

ドラマやアニメのワンシーンのような「よく出来た光景」が目の前に広がっている。桜が舞っている中でピースするなんて。出来すぎている。こんなの、作り物の世界の中でしか出会わない。

現実で体験したものに物語の中で出会っても、わたしたちは自然なこととして受け止められる。なのに、物語の中で先に体験した出来事に現実で出会うとき、その嘘っぽいほどの美しさに驚いてしまうのはなぜだろう。「事実は小説よりも奇なり」という言葉があるように、実は現実だってエンタメコンテンツのように鮮やかだ。最終回じゃなくてもこんなポップな瞬間が人生にはある。

残念でした！！！わたし、わたしはしあわせです！！！！！！！！！道にゴミとかあったら拾うし

（P.129／新堀ギターをさがしてごらん）

たくさんの感嘆符がついた言葉は、誰に向けられているのだろう。相手は「わたし」の

不幸を願うような意地悪な存在だろうか。それは地元の誰かなのかもしれないし、社会に出てから出会った理不尽な誰かかもしれない。自分が幸福であること、ゴミが落ちていたら拾う正義感や良心を持ち合わせていることを強調するのは、その誰かへの復讐の想いがこもっているからだろうか。

いや、ひょっとしたらこの歌で「わたし」は、自分にさまざまな試練を与え続ける神様のような大きな存在に向かって叫んでいるのかもしれない。

どんな出来事も運命として受け入れた「わたし」は、今をたくましく生きている。

生きる犬は死んだライオンに勝つらしい　わたし長生きのライオンになる

（P.131／新堀ギターをさがしてごらん）

「生きている犬は死んだライオンに勝る」ということわざがあるらしい。どんな偉人でも死んでしまったらおしまいだから、凡人でも生きているほうがいい。そういった意味があるそうだ。
犬でもなく、ライオンでもなく、長生きのライオンになると言い切れるのはなんと強いことだろう。歌集のラストを飾るこの歌でも、力強く生きていくことへの宣言が行われている。

「夜」の一首では、家族を守り、たくましくある母親の姿をライオンに喩えた。上坂さんは、自分も長生きのライオンになると言う。地元や家族を離れて自立し、個としての人生を獲得したその後でも、「わたし」の理想像がライオンなのは、偶然ではないはずだ。あらゆるものを受け入れて群れを率いる母親の姿と、現実や人間のいびつさを含む全ての事象を愛そうとする上坂さんの姿が重なる。上坂家の強くてたくましい生き様は、「家族」の中で継承されている。

おわりに

『老モテ』は、家族や地元の呪いと向き合い、呪縛から抜け出し、個としての人生を獲得するため奮闘してきた一人の女性の、限りなくノンフィクションに近いエンターテインメント作品である。

荒々しくも力強く描かれる、地元や家族、そして過去の「わたし」のこと。その一つ一つを歌にする過程で呪いを解き、最終的に「長生きのライオンになる」と宣言するたくましい「わたし」となっていく。その紆余曲折を見届けた私たちの胸には、読了後すがすがしさが残る。

もしも仮にこの歌集が『家族』のようなタイトルだったら、読後感は大きく違っていたんじゃないかと思う。『老人ホームで死ぬほどモテたい』という言葉が向かっているのは、未来だ。過去のお焚《た》き上げのように作られた歌たちによって救われているのは、過去の「わたし」だけではない。ままならないものも含めた人生のすべてを抱きしめようとする上坂さんの姿勢と未来へ向かう強い気持ちは、読者のことまでおおらかに包み込んでくれる。

上坂さんは『老モテ』発売当時、「結構エグいと思うから、元気なときに読んでね」と言った。たしかに、『老モテ』は上坂あゆ美の自伝的歌集で、彼女の沼津での日々を描いた歌の数々は鋭く胸をえぐってくる。しかし実際は、『老モテ』は読む人に勇気を与えてくれる歌集ではないだろうか。

初めて私が『老人ホームで死ぬほどモテたい』を読み終えたとき、これは歌集というより、少年ジャンプの漫画のようだと思った。改めて歌集を眺めてみると、そもそも全体の構成自体が漫画的である。漫画のコマがシーンによって大小さまざまな大きさに変化して描かれているように、『老モテ』の短歌はページ内に収録される数が一首から三首の間で自由に変化していく。そして、一首一首の表現もポップさやデフォルメの表現が際立っている。描くのがたとえ壮絶なワンシーンだとしても、それを短歌にするときに上坂あゆ美が選ぶ言葉は軽やかだ。テーマの重さと言葉の軽やかさのバランスにくらくらしながら、気がつけば夢中でページをめくっていた。歌集の主体である「わたし」の明るさや力強さはまるで漫画の主人公だ。上坂あゆ美という主人公が突き進む壮大な人生アドベンチャーを、私たちは漫画の読者として応援しているような気持ちになってくる。

最後にもう一首だけ、私が「上坂さんらしい」と感じている短歌を紹介したい。

何もしないひとが帰宅部となるように生きてきたのでわたしになった

（P.128／新堀ギターをさがしてごらん）

帰宅部という部活はない。部活に所属せずに帰るという行動をとるうちに自動的に帰宅部になる。上坂さんも、上坂さんの人生を生きてきたから、上坂あゆ美になった。たとえ歩んできたのが「吐瀉物」にまみれていたり、「重みのある道」だったとしても、その道を必死に進んできたから、今の「わたし」になったのだ。その道の途中にあったさまざまな出来事を一首一首大切に歌にすることで、「わたし」の中の全ての「わたし」にエールを送っている。それが読み手にも伝わってくるから、この歌集からはやっぱり勇気や元気がもらえるのだと思う。

『老人ホームで死ぬほどモテたい』は、自分のこれまでの生き様を肯定し、これからの人生をたくましく生き抜くことを、過去から現在、未来にいるすべての「わたし」に誓う歌集である。

歌集副読本と銘打っていますが、これもまた
一冊の歌集が持つ多様な読みのひとつでしかありません。
それぞれの歌集を開いた際には、どうかご自由にお楽しみください。

上坂と岡本より

歌集副読本
『老人ホームで死ぬほどモテたい』と
『水上バス浅草行き』を読む
上坂あゆ美　岡本真帆

初版第1刷発行　２０２３年2月１７日

装丁と絵　寄藤文平
組版　小林正人（ＯＩＣＨＯＣ）

発行人　村井光男
発行所　株式会社ナナロク社
〒142-0064
東京都品川区旗の台4-6-27
電　話　03-5749-4976
ＦＡＸ　03-5749-4977

印刷所　創栄図書印刷株式会社

ISBN 978-4-86732-018-1 C0095

巻末作品

歌集刊行後の新しい短歌と、書き下ろしエッセイ

上坂あゆ美の短歌とエッセイ

罪と蟻の巣

父親の死からそういえば一年で今さら骨が日本に届く

過去に行くための車に乗りこめば四月の雨が花を腐らす

ごめんなさ～い最も悪いのは獅子座　獅子座のあなた　でも大丈夫
ラーメン屋だからラーメンおばちゃんと呼んでいた人を叔母さんと呼ぶ

真っ当な大人になった証明のごとき東京駅の手土産

仏壇の父の隣に祖母がいて十五年ぶりの再会である

丸々とした壺ひとつ　ここにいる父を抱けば妊婦のようで
仏前で悪口言えばそれまでの罪が帳消しみたいで黙る

さんずいを三つも含む名のひとが海の向こうで戦争にゆく

思ってたよりもワカメは増えていて白熱灯の明かりを纏う

大人には大人の事情があり春はわたしを子どもから遠ざけた

母さんがリー、アユと呼ぶ　リーアユはそれぞれの鈴を鳴らして応える

真夜中に目覚めて父と今日だけのマヨネーズ丼同盟を組む

オタマジャクシたくさんとって遊んだね　ひとりも蛙にならなかったね

これはゆめ　あれはまぼろし　話したいことなんてほんとうはなかった
将来の夢がお嫁さんだった人だけに配られる花のピストル

叔母が持つ写真の中には子どもらを愛おしそうに見る人がいる

親子には互換も純正もなくてあなたは海を恐れず進め

父を赦すためではなくて線香をあげればわたしはわたしを赦す

雨の中どこまでもどこまでも見送って叔母はなにかに謝るように

目的があるのは楽でもし敵を倒してしまったアンパンマンは

社会でのごめんなさいの九割は当人以外に原因がある

ほんとうのことがこの世にあるとしてそれは蟻の巣的なかたちだ

「今日食べたセブンのおにぎり夢だった」「梅じゃないんだ」「梅じゃなかった」

父親に線香をあげた帰路なのに恋活アプリの広告ばかり

でこぼこな信念

「あんたは赤ん坊の頃から、笑わないし泣かないし、手はかからないけど不思議な子どもでねえ」

これは、母から過去十回以上言われた台詞。当時の私がなぜ笑いもせず泣きもしなかったかというと、自分がどうしてこの世に生まれてきたのかを考えることに、ずっと忙しかったからだ。

気づいたらこの世に生まれていた。

どうやら私は女という性別を持っているらしく、気づいたら名前を付けられていた。気づいたら家族という人たちがいた。気づいたら学校に通わされて、見た目を理由に好かれたり、嫌われたりした。例えばあなたが今、全く別の世界に放り込まれて、名前を勝手に与えられて、宿命なので戦争に行けとか言われたら、いやいやいやなんでだよ!!って思うでしょう。私だって生まれたときからずっと、意味がわからなかった。何一つ、私は選んでいないのに。自己決定権がないまま人間をやらされることへの疑問と反抗をずっと心に宿したまま、半ば仕方なく生きてみることにした。

そんな子どもだったので、社会集団においてはとにかく馴染めなかった。友達は少なかったけれど数人いて、中学生のときとくに仲が良かったのはみおちゃんという女の子だ。

みおちゃんは、美しい。中学二年生とは思えないような大人びた目つきで、すらっとしていて、学校指定のジャージに似合わない整った眉毛に、つやつやした黒髪を持っている。それは生まれ持ったものだけではなく、彼女は美に関してかなりの努力をしていた。努力というよりは、赤ん坊がアンパンマンに執着するように、大阪のおばちゃんの多くがヒョウ柄を着るように、それは自然であり、もはや必然なことであると感じられた。体育の授業のとき、みおちゃんが日焼け止めを貸してくれたことをきっかけに仲良くなった。みおちゃんの日焼け止めは、ビオレの数百円のやつじゃなくて、アリーの一本三〇〇〇円くらいするやつだった。私はお化粧の仕方も、日焼け止めとスキンケアの重要性も、全部みおちゃんから学んだ。

みおちゃんは、恋愛の話を好まなかった。それよりも美容の話か、美味しいコンビニスイーツの話か、JPOPで感動した歌詞の話か、エンタの神様で面白かった芸人の話が好きだった。誰と誰が付き合ったとか、誰はもうキスまでしたらしいとか、そういうことで盛り上がる同級生を横目に、「なんでああいうことを噂するんだろうね」と、気怠《けだる》い眼をしながら言っていた。私はみおちゃんが好きだったから、うんうんそうだよね、くだらないよねと相づちを打った。当時、みおちゃんと一緒にいることは、私が自分で選んだものだと思うことができた。

私も美容に気をつけるようになって、コンビニスイーツに詳しくなって、ａｉｋｏの歌詞を聴き込んで、芸人の真似を練習した。それらを披露すると、みおちゃんは喜んでくれたり、笑ってくれたりした。さらに、恋愛で盛り上がる同級生たちについて、積極的に悪口を言った。そのときみおちゃんは、そうだね、と言ってそれ以上あまりしゃべらなかった。

ある日、私の眉毛を整えてくれるというので、学校帰りにみおちゃんのお家に行った。みおちゃんは、銀色のずっしりした毛抜きと、小さなハサミと、剃刀を丁寧に取り出す。私はいつも、一〇〇円で三つ入っている剃刀だけで適当に剃っていたから、さすがみおちゃんだなと思った。みおちゃんの長く上を向いた睫毛をじっと見ていたら、急に針で刺されたみたいな激痛が走り、思わず声が出た。みおちゃんが、私の眉毛を抜いた。みおちゃんは「ごめんね、痛いよね」と言いながら、次々と躊躇なく眉毛を抜いていく。めちゃくちゃ痛い。その後、何事もなかったようにハサミと剃刀で細部を整えて、終了。鏡を覗き込んだら、全く同じ眉毛の人が二人いて笑ってしまった。毛を抜いた後の皮膚が、少し赤くなっていて痛かったけど、私はそれを誇らしいと思った。

その次の日、突発的な服装頭髪検査が行われることになった。校則では眉毛の手入れをしてはいけないことになっていたのに、私の眉毛は、奇しくも人生で最もきれいな形をしていた。どうしようどうしようと狼狽《うろた》える私に対して、みおちゃんは「校則と信念は別だから」と毅然と答え、毅然としたまま先生に怒られていた。その青い炎のような光を宿した瞳が、今までの人生で見た何よりも美しいと思って、そのとき、私はすべてがわかってしまった。

これが、信念なのだ。信念とは自分で選んだ生き方の塊で、それを持っている人は美しい。信念を貫く過程で、時には他人との衝突を生む。しかし、信念の美しさの前では、他人との衝突など取るに足らないことである。私は、私だけの信念を見つけるために、その日からみおちゃんの真似をするのをやめた。

第一歌集『老人ホームで死ぬほどモテたい』には、信念を持つ前に意味もわからず生きていた自分と、その後、信念を持って生きようとする過程を詰め込んだ。もう三十年も人間をやっているというのに、どうして自分がこの世に生まれたのか、未だにわからない。しかしどうせ生きなければならないなら、信念を持って美しく生きることが、この不条理な世界への私なりの意思表明であり、デモ活動になる気がした。

現在私の中には、でこぼこで歪《いびつ》な形をした信念がある。みおちゃんのことをきっかけに、人生で得た信念のかけらをつなぎ合わせて生きてきたら、子どもが作った粘土細工のような触り心地になってしまった。想像していた信念のように、なめらかでスマートな形状ではないけれど、ここには確かな重量と、硬すぎず柔らかすぎない芯がある。この信念のことを、私は世界でいちばんほんとうに近いものだと信じている。

岡本真帆の短歌とエッセイ

あかるい花束

わたしもう、夏の合図を待っている　冬至の長い夜からずっと

好きな季節　いつかはそこに辿り着くように自然に決めた引っ越し

飲みかけのペットボトルがぽこぽこと鳴ってる鞄ひとり鼓笛隊

競争はしたくないのに気がつけば競い合ってることにされてた

人生の全てが期限付きなのにとたんに光り出す初夏の街

Saturdayと書かれた紺の靴下を木曜の朝履いて出ていく

東京を離れて暮らす離れたら見ることのない車内広告

通勤は「旅費・交通費」に括られて今日も列車が渡る多摩川

傘を差す人と差さない人がいる信号待ちで傘を差さない

少しだけきついキャップをかぶるとき寄り添うような頭痛のかたち

フリージアラナンキュラスを左手に、マクドナルドと鍵を右手に

満月ポイント３倍！って通知がきて　勝手に意味付けされている月

熱すぎるお湯から上がりぐったりと体を冷ます時間が好きだ

好きなのに失くしてしまうピアスたち　捨てられないでいるこの指輪

内側をまるごと差し出せる人に二度と会えないような気がする

この川を渡ったらもう戻れない　たくしあげずに裾を濡らして

だいじょうぶな嘘をときどき混ぜながらわたしの安全地帯を守る

日持ちする花たちよりもまっすぐにきみが指差すダリア鮮やか

旅と犬おなじ秤にかけているほんとうに大切にしたいから

春になる雪だるまみたい始発後の電車の中で眠る男性

自転車でコンビニへゆく粗大ゴミシールを自転車に貼るために

一度だけ行ったラーメン屋の前でぜんぶ思い出す　ぜんぶ忘れない

紫陽花の葉が透けているこの街を去れば今年も開く紫陽花

半袖が着れてうれしいそれだけでどんな犬より遠くまでゆく

花束は鳴ることのないクラッカー夜の電車は静かに揺れて

ローファーの乾いた音を確かめるように下っていく初夏の坂
窓のない場所だと思っていた店のはじめて座る席の青空

さようならもうきみが一人で来ることもない部屋　二人がそろわない部屋
退去日に本当の名で呼びかけてみれば〈あなた〉は応えてくれる

忘れない　急行電車の止まらない駅は明るいままに流れて

短歌のけもの道

短歌をつくるのとエッセイを書くのだったら、短歌をつくる方が圧倒的に得意だ。たとえば三十首連作をつくってほしいと言われたら、完成までにどんな行程を経たらよいのかイメージできる。どれくらいの時間がかかるか目算できるようになってきた。でも文章の方はてんでだめなのだ。

まず書きたいことが浮かばない。人にどうしても聞いてほしいことや、訴えたいことがあまりない。何か事件が起きても、友だちに話したり、Twitterでつぶやいたらそれで満足してしまう。ちょっと口にするだけじゃ解決できない、考え続ける必要があるテーマだったとしても、自分の中でこねくり回すように何度も内省できればよくなってしまう。それを文章で誰かに伝えよう、という発想にはあまり至ったことがない。

書きたいことやテーマが見つかったとしても、今度はそれを指定の文字数に落とし込むのに苦労する。短歌と違って、文章の場合は完成までの道筋がほとんどイメージできないのだ。

わたしの中には、短歌のけもの道がある。このけもの道は、これまでわたしが短歌を完成させるために掻き分けてきた森の中にうっすらとある。森をしばらく歩かなくなると、けもの道はどんどん見えなくなってしまう。でもわずかに残った痕跡を辿るように歩いているうちに、そこにあった道の存在を感じられるようになる。短歌の回路が目覚めていく。自分の気持ちや歌にしたいものは、短歌をつくっているうちに見えてくる。歌にしたいことが先にあるのではない。五七五七七という定型の器に言葉を乗せようとしているうちに、少しずつ見えてくる。何度もこの回路を目覚めさせていくうちに、突然「これからも短歌をつくり続けられる」と確信したタイミングがあった。推敲をしていて「もっといい表現があるのではないか」と考えることはあっても、短歌がつくれないと悩むことは少なくなった。

しかし思い返してみれば、少し前まで短歌をつくるのも得意じゃなかった。「これからもつくれる」と確信したのは、つい最近だ。『水上バス浅草行き』の刊行が決まった二〇二〇年、わたしは短歌のスランプまっただ中にいて、当時は「本当に歌集なんて出せるんだろうか」と不安で仕方なかった。

風向きが変わったのは歌集の完成まで一年を切ったタイミング。同じく第一歌集の刊行を控えていた上坂さんと一緒に始めた「生きるための短歌部屋」がきっかけだった。

「生きるための短歌部屋」はClubhouseやTwitterスペースで開催している公開型の歌会で、リスナーの方からいただいたお題に対して短歌を三〜五首ずつ持ち寄り、その場で評し合う企画だ。短歌の出来が良くても悪くても、とにかく何か出さなければいけない。その強制的な仕組みと、どんな歌も受け止めてくれる場の空気がよかったのだと思う。歌会の時間までになんとか数を揃えようと、さまざまな角度からお題を見つめた。手を動かし続けていると、何も出てこないと思っていた苦手なテーマでも着地点が見えてくる。もちろんどんなに取り組んでも全然だめで、本当に出来が良くないときもあった。それでもTwitterに流して誰でも見られる状態にした。

続けていくうちに、自分のだめな歌に対する耐性が生まれた。毎回ホームランは打てない。バントみたいな短歌もあるし、当たったと思ってもファールになることもある。空振り三振のときもある。だけど球を打ち返せないことを怖がるよりも、たくさんバットを振っていた方が、いい短歌が生まれやすいことに気づいた。

もしも歌集の刊行が決まっていなかったら、わたしは今もスランプの中にいたかもしれない。短歌をやめている可能性だってある。歌集の完成という目標に向かってバットをぶんぶん振っていた、あの時間がわたしに自信をくれた。

『水上バス浅草行き』のあとがきには「心に潤いや光を与えて、わくわくさせてくれるものについて、そして「この歌集も、誰かにとってそういう存在になれるのかもしれない」と、想像しただけで嬉しくなってしまう希望を書いた。

その希望が叶えられているか、本当のところは読者にしか分からない。

わたしにできるのは、良い短歌をつくりたいと願うこと。完成した瞬間に作者である自分ですら、驚いてしまうような歌をつくりたい。そういう歌は、狙ってつくれるものではないかもしれない。けれどもつくり続けるうちに、出会えることを知っている。
わたしはわたしを短歌で裏切りたい。そして、こんな短歌がつくれた！　と喜びたい。
だから今日もわたしは、わたしの短歌のけもの道を歩く。